그 사랑이 당신에게 남긴 것

2022. 11.

이 서 수

첫사랑이 언니에게 남긴 것

첫사랑이 언니에게 남긴 것

이서수

위즈덤하우스

1

언니에게 그 사람은 봄이었다. 봄은
언니를 들뜨게 하고 꿈꾸게 하는데 그 사람도
그렇다고 했다. 그 얘기를 듣고서 나는 그를 봄
씨, 라고 불렀다.

언니가 보여준 사진 속에서 봄 씨는
선글라스를 쓴 채로 활짝 웃고 있었다.
서해안 해수욕장에서 캠핑을 하던 날이었다.
언니는 봄 씨와 고기를 구워 먹고 맥주도

마시며 봄날을 만끽했다. 그 후에 봄 씨가
언니를 떠났다. 그 소식을 듣고서 나는 돈을
빌려주었는지부터 물었는데 언니는 투자한
거라고 주장했다. 중화풍 술집을 열겠다고
해서 몇백 줬다고. 나는 그 일에 대해 더는
자세히 캐묻지 못했다. 언니가 한여름에 롱
패딩 점퍼를 입고 동네를 배회하기 시작했기
때문이다. 몇 번을 말려도 소용없었기에 나는
열대야가 시작된 거리를 땀 흘리며 걷는
언니를 속수무책으로 바라보기만 했다.

　언니가 거주하는 빌라 건물에 사는
사람들은 모두 재중 동포였다. 그들은
서로를 '동포분'이라고 불렀다. 아래층에
사시는 동포분이, 위층에 사시는 동포분이,
하는 식으로 서로를 깍듯이 대했다. 빌라가
빼곡하게 들어선 그 구역은 몇 년 전부터
외지인의 투기 대상이 된 곳이었다. 어느

날 재개발 동의서에 사인하라는 우편물이 배달되자 언니는 집주인에게 그 사실을 숨겼다. 나는 불안해하는 언니를 대신해 재개발 동향을 묻고 전·월세 시세도 확인할 겸 인근 부동산을 방문했다. 그리고 그곳에서 중개인의 말을 경청하고 있는 낯익은 얼굴을 보았다. 나의 대학 동창인 김소현과 이정해였다. 그들은 캠퍼스 커플이었고, 결혼 후 부동산 투기로 중산층이 되어보겠다는 소망을 품고 여러 채의 집을 매수했다. 갭 투자 방식이었기에 그리 많은 돈이 들지는 않았다. 그리고 그들이 매수한 집들 가운데 봄 씨의 집이 있었다.

저 집을 샀다고?

어. 너무 허름하지.

나는 그 집에 살았던 세입자가 언니의 애인이었다는 것을 말하지 않았다. 그러나 김소현과 이정해가 한여름에 롱 패딩 차림으로 배회하는 여성을 목격하고서 시시껄렁한 농담의 소재로 삼았을 땐 결국 참지 못하고 말했다. 그녀가 나의 언니며, 그들이 내쫓은 세입자가 언니의 전 애인이라고.

김소현은 내 말을 듣고서 몹시 당황했다. 이정해는 심각한 표정으로 커피를 홀짝이다가 언니에게 정신과 치료가 필요한 것 아니냐고 물었다. 김소현과 이정해는 임대 계약을 종결시키며 봄 씨를 처음 만났는데, 언니가 그 사람을 왜 사랑하게 된 건지 이해할 수 없다고 했다. 그들의 말에 의하면 봄 씨는 태도가 거칠었고 그들에게 차별 운운하며 화를 냈다. 그들은 차별주의자가 아니라고 부인하면서도 한국인 세입자를 들이겠다는 의지를 굽히지 않았다. 김소현은 집을 깨끗하게 쓰는 사람을

원한다고 말하며 봄 씨는 그렇지 않다는 걸 지적했다. 결국 임대 계약 연장을 거부당한 봄 씨는 언니의 투자금을 들고 자취를 감추었다. 이제 그 집엔 한국인 세입자가 살고 있었지만 김소현이 기대했던 것만큼 집을 깨끗하게 쓰진 않는다고 했다.

나는 언니에게 그런 사실을 모두 숨겼고, 한여름에 패딩 점퍼를 입고 다니면 정신 나간 사람으로 오해받을 테니 제발 그러지 말라는 말만 했다. 언니는 내 말에 귀 기울이다가 다시 손을 움직여 성경을 필사했다. 손가락에 볼펜 똥이 잔뜩 묻어 있었다.

언니는 덥지도 않아?

추워.

뭐라고?

춥다고.

그 말을 도무지 이해할 수 없었지만 나는

화를 내는 대신 언제쯤 춥지 않을 것 같으냐고
물었다. 언니는 골똘히 생각하다가 답했다.

내후년 겨울.

농담이 아니었는지 언니의 표정은
진지했다. 내가 자기를 걱정하고 있다는 것을
모르는 걸까. 나는 당장 집으로 돌아가고 싶은
마음이 들어서 가방에서 반찬 통을 꺼내 식탁
위에 쌓아놓았다. 언니가 가까이 다가오더니
통을 열고 깍두기를 맛보았다.

너무 맵다. 아무래도 병원에 입원해야겠어.

나는 엉뚱한 말을 하는 언니를 빤히
쳐다보았다.

알고 보니 언니는 나 몰래 대학병원
정신건강의학과에서 진료를 받고 있었다.
신경쇠약과 우울증 때문이었다. 내가 걱정할까
봐 숨겼다는 언니를 몹시 다그친 뒤 이튿날
언니의 주치의를 만나러 갔다. 의사는 나를

보자마자 기다렸다는 듯이 말했다.

빨리 입원하시는 게 좋아요.

많이 안 좋은 상태인가요?

식사도 잘 안 하시고 잠도 거의 못
주무시는데 모르셨어요?

나는 의사의 권유에 따라 언니를 폐쇄
병동에 입원시켰다. 날카로운 물건이나 끈은
가지고 들어갈 수 없는 곳이었다. 간호사는
매우 친절했지만 성인인 언니에게 어린아이를
대하는 듯한 유아어를 썼다. 그곳은
전반적으로 평온한 분위기였고 폭력적인
환자는 보이지 않았다. 휴게실에 모여
드라마를 시청하거나 탁구를 치며 친분을
쌓는 환자들을 볼 때마다 요양차 쉬러 온
사람들인지도 모르겠단 생각이 들 정도였다.

내가 폐쇄 병동의 분위기에 익숙해지는
동안 언니는 그곳에서 여름 씨를 만났다. 봄 씨

다음으로 언니를 설레게 한 사람이었다. 여름 씨는 낯빛이 창백했고 체구가 무척 작았으며, 탈색한 짧은 머리칼은 병아리 털 같았다. 주한 미군과 결혼한 상태였지만 언니에겐 기혼 여성이라는 사실이 아무런 문제가 되지 않는 것 같았다.

언니와 여름 씨는 휴게실에서 로맨스 드라마를 시청하다 가까워졌다. 둘은 같은 드라마를 좋아했고, 그 드라마를 좋아하지 않았던 다른 환자에 대항해 리모컨을 함께 사수했다. 여름 씨는 나를 볼 때마다 멍한 표정만 지을 뿐 한 번도 먼저 인사한 적이 없었다. 실어증 비슷한 증세 같았다.

저 사람은 어디가 아파서 입원한 거야?

언니는 그걸 왜 모르느냐는 표정으로 나를 보았다.

어디가 아프긴. 마음이 아픈 거지.

그렇게 말하며 언니는 같은 병실을 쓰는 환자들의 사연을 알려주었다.

창가 쪽 침대를 쓰는 아줌마는 시한부 환자야. 남은 기간이 길어야 몇 달이래. 근데 환자들 중에서 가장 평온해 보여. 내 맞은편 침대에 있는 아저씨는 동료가 철근 더미에 깔리는 걸 목격했대. 그리고 부모님이 한꺼번에 돌아가신 사람도 있고, 사업이 망하고 한강에 뛰어들었다가 구조된 사람도 있어.

병실에 있는 환자들은 다들 무거운 사연을 갖고 있었다. 언니의 사연이 가장 가벼워 보였다. 사랑하는 사람에게 배신당하고 마음을 다친 사람. 그러나 언니는 아무에게도 그 말을 하지 않았고 입원하자마자 멀쩡한 척을 했다. 다들 언니가 왜 입원한 건지 궁금해했다.

여름 씨가 먼저 퇴원하자 언니는 며칠간

태연한 척 행동했지만 결국엔 종일 침대에 누워만 있었다. 나는 그런 언니를 보며 언니의 마음에 상처가 한 겹 덧입혀졌음을 깨달았다. 그러게 사랑을 하지 말지. 아무도 사랑하지 않으면 되잖아. 나는 그런 말은 삼키고 일부러 명랑하게 행동했다. 언니에게 먹고 싶은 게 없는지 자주 물었고, 퇴원하면 함께 놀러 갈 곳을 생각해보자고 말했다. 그때마다 언니는 귀찮다는 듯 고개만 저었다. 그래도 때맞춰 식사하고, 병실 불이 꺼질 때 잠자리에 드는 언니를 보며 약간은 안도할 수 있었다. 퇴원하던 날 언니는 눈물을 내비쳤다. 입원실의 다른 환자들은 그때까지 한 명도 그곳을 떠나지 못하고 있었다. 언니는 그들에게 작별 인사를 건넸고 다시 보자는 말은 누구도 하지 않았다.

　집으로 돌아온 언니는 이전과

다르게 규칙적으로 생활했다. 일자리를 알아보겠다며 곱게 화장한 얼굴로 어딘가를 바삐 다녀오기도 했다. 나는 언니의 마음이 나을지도 모른다는 희망을 품었다. 그러나 그런 기대감이 정점에 이른 어느 날 언니는 홀연히 사라졌다. 나는 언니를 찾기 위해 백방으로 노력했지만 겨울이 지나 봄이 오고 다시 여름이 시작될 때까지 언니의 자취를 어디서도 발견하지 못했다.

열대야가 시작된 8월, 김소현은 새로운 투자처를 물색하기 위해 안산의 어느 빌라촌으로 임장을 갔다. 그리고 점심을 먹기 위해 들른 식당에서 모금함을 들고 밖으로 나오는 여자와 마주쳤다. 여자는 한여름에 롱 패딩을 입고 있었다. 김소현은 망설이다 뒤늦게 여자를 쫓아갔지만 그녀는 이미 인파

사이로 사라진 뒤였다.

❖

　일요일 오후에 열차를 타고 안산으로
향했다. 김소현이 언니로 짐작되는 여성을
목격한 다문화거리는 지하철역에서 가까웠다.
듣던 대로 외국인이 많았다. 한국인도
드문드문 보였으나 정말로 한국인이 맞는지
확신할 수 없었다. 한국인이 분명하다고
생각했지만 외국어로 말하는 사람을 몇 명
보았더니 구별하려는 시도가 무색해졌다.
　김소현이 목격한 사람이 정혜 언니라면,
이번에도 언니는 상대적으로 한국인이 많지
않은 지역에 자리 잡은 것이다. 김소현은
서울 부동산 시세에 비해 가격이 낮지만
전·월세 수요가 풍부한 지역으로 자주 임장을

다녔다. 대부분 아파트가 들어설 수 있을 정도로 충분히 낡은 구역이었다. 언니가 그런 곳에서만 발견되는 것이 그리 놀랍지는 않았다.

김소현이 그 여성을 목격한 곳은 우즈베키스탄 음식을 파는 식당이었다. 검색해보니 할랄 음식만 판매하는 곳이었다. 나는 우즈베키스탄에 가본 적이 없었고, 할랄 음식이 어떤 건지도 잘 몰랐지만 김소현이 알려준 식당으로 망설임 없이 들어갔다. 그리고 이국적인 향이 감도는 테라스에 앉아 종업원이 가져다준 메뉴판을 펼쳤다.

양고기, 소고기, 닭고기만 판매합니다. 술은 반입 금지입니다. 맨 앞 장에 그렇게 쓰여 있었다. 잠시 후 직원이 다가와 한국어로 내게 물었다. 주문하실래요? 메뉴판에 실린 사진을 보다가 만두와 비슷하게 생긴 삼사를 골랐다.

홍차를 추가로 주문한 뒤에 음식이 나오길
기다리는 동안 할랄을 검색했다. 위키백과에
도살 방법에 대한 정보가 있었다.

 ……잘 깎은 칼을 사용하여 목 앞쪽,
경동맥, 기관지, 경정맥 등을 자르는 빠르고
깊은 절개를 하는 것으로 구성된다. 할랄법에
따르면, 도살되는 동물의 머리는 예배 방향에
놓아야 한다. 방향 외에는 허용된 동물 종을
'비스밀라(신의 이름으로)'라 외치며 도살해야
한다.[*]

 나는 '도살'이라는 단어가 섬뜩하게
느껴져 마음속으로 '사랑'이라는 단어로
대체해보았다. 그렇게 바꾸어 읽어도 어쩐지

* 위키백과, "할랄−도살 방법".

뜻이 통하는 것 같았다.

　　……사랑되는(받는) 동물의 머리는 예배
방향에 놓여야 한다. 허용된 동물 종을 '신의
이름으로'라고 외치며 사랑해야 한다.

　　종업원이 뜨거운 홍차가 담긴 도기
주전자를 화려하고 작은 찻잔과 함께 내왔다.
그제야 더운 날씨에 뜨거운 차를 주문했다는
걸 깨달았지만 언니를 기다리는 동안 몸이
약간 떨렸기에 서둘러 차를 마셨다. 홍차는
떫은맛 하나 없이 부드러웠고 덕분에 심신이
빠르게 안정되었다. 홍차에 작은 신이 깃들어
있는 것 같았다.
　　맞은편 휴대폰 가게 앞에 외국인 청년들이
둘러앉아 낮부터 소주를 마시고 있었다.
안주는 수박뿐이었다. 다들 표정이 편안하고

즐거워 보였다. 아무런 거리낌 없이 소주를
즐기는 걸 보니 소주 맛을 나보다 잘 아는
것 같기도 했다. 이 구역에선 한국인이
압도적으로 적어서 오히려 내가 외지인에
가까웠는데도, 나는 외국인 노동자를
보며 한국에 잘 적응하고 있는지 따위를
생각했다. 그러는 동안 내가 그들보다 조금 더
안정적으로 살아가고 있는 사람처럼 느껴졌다.
계약직으로 일하고 있는 회사에선 한 번도
느껴보지 못한 감정이었다. 참 못났네. 결국
자부심은 길게 지속되지 못하고 쪼그라들었다.

　　잠시 후 삼사가 나왔다. 나는 그걸 조금씩
베어 먹으며 홍차를 마셨다. 삼사는 예상했던
대로 만두와 맛이 비슷했다. 나는 점점 긴장이
풀렸고, 언니와 마주치더라도 놀라지 않을
수 있을 것 같았다. 늘 그랬듯 심각해지지
말자. 언니의 냉장고에 먹을 걸 가득 채운

뒤 잔소리를 늘어놓다가 서울로 돌아가자. 집으로 향하며 언니가 조금 먼 곳에 산다는 걸 다행으로 여기자. 언젠가 언니는 우리 가족이 남해에 흩어져 있는 섬 같다고, 날씨가 좋은 날에만 입도 가능한 섬이라서 서로의 기분을 살피는 게 무척 중요하다고 말했다. 바꿔 말하면 성질이 나빠 자주 만나기 힘들다는 의미일 것이다. 그래도 언니와 나는 꽤 자주 보는 편이었다. 언니가 이렇게 한 번씩 자취를 감출 때마다 언니를 찾아다니는 사람이 나뿐이라서 그런지도 모르지만.

언니가 자꾸 도망치듯 사라지는 이유는 아직까지 알아내지 못했다. 한국인이 싫고, 가족이 싫은 건가. 언니가 살고 있는 동네를 보면 언제나 그런 결론이 나왔다. 언니는 도망이 체질인 것 같았다. 무엇으로부터 도망치는지, 그 나이에 왜 자꾸 가출을

감행하는지 묻고 싶었지만 한 번도 묻지
않았다. 언니가 자유롭게 살기 위해 가족과
연을 끊는 것을 도망이라고 표현해도 될까
싶었고, 서른이 넘은 여성에게 가출이라는
표현을 쓰기도 뭣했다.

　　홍차를 다 마시고 난 뒤에도 언니는
나타나지 않았다. 모금함을 들고 다니는
여자를 찾기 위해 목을 빼고 거리를
내다보았지만 쇼핑 중인 외국인들만 보였다.
사장으로 짐작되는 남자가 홀에서 나오더니
내 앞의 빈 접시에 손을 뻗으며 물었다. 다
먹었어요? 나는 너무나 자연스러운 한국어
발음에 놀라서 한 박자 늦게 답했다. ⋯⋯네, 다
먹었어요. 접시가 치워지니 테이블이 휑했다.
결국 빈 찻잔을 바라보다 자리에서 일어났다.
배가 불러 음식을 더 주문할 수 없었는데
공교롭게도 자리는 만석이었고, 식당으로 막

들어선 커플이 내 눈치를 살피고 있었다.

식당을 나와 그 앞을 배회하다가 배달 트럭 기사에게 비켜달라는 말을 듣고서 결국 그 거리를 벗어나 걷기 시작했다. 언니가 언제 나타날지 알 수 없었고, 김소현과 이정해는 언니가 확실하다고 했지만 아닐 수도 있었다. 두 사람은 나보다 언니의 상태를 더 안 좋게 봤는데, 그런 선입견이 엉뚱한 사람을 언니로 만들었을지도 몰랐다.

거리를 천천히 걷다가 시장통으로 접어들었다. 튀긴 빵과 소시지가 높이 쌓여 있는 가게가 연달아 보였다. 연변식 반찬 가게의 이름은 '엄니 손'이었다. 연변에서도 엄니라는 말을 쓰는 건지 궁금했다. 식당과 직업소개소를 지나자 사진관이 나왔다. 쇼윈도에 걸려 있는 사진들은 죄다 외국인 부부와 아이 혹은 젊은 외국인 커플이었다.

물론 독사진도 있었다. 카메라 앞이라 그랬겠지만 다들 표정이 온화했고, 한국에서의 생활에 무척 만족하고 있는 것처럼 보였다. 나는 그들이 보내준 돈으로 고기를 사고 집도 수리할 외국의 어느 가족을 떠올렸다. 그리고 한국에서 제작할 만한 클리셰투성이의 티브이 프로그램 각본도 떠올랐다.

S#1. 공장 / 낮

요란한 기계 소음이 가득한 공장 내부. 흙이 휘날리는 위험한 용접 작업에 몰두하고 있는 주인공. 그의 얼굴에서 줄줄 흐르는 땀방울.

(두 달 전 작업장에서 사고를 당한 동료가 있는데 제대로 보상받지 못했다. 그러나 카메라 앞에선 그런 사실이 드러나지 않는다.)

S#2. 구내식당 / 낮

오전 근무를 마치고 구내식당으로
이동하는 주인공과 동료들. 줄 서서 식판을
집어 든다. 김치 세 종류와 나물무침, 돈가스와
국이 있다. 다들 표정이 밝다.

(반찬이 평소와 다르다. 가짓수가 훨씬 더 많다.
다들 그걸 알지만 적당히 모른 척해준다.)

S#3. 공장 앞마당 / 낮

휴식 시간. 믹스 커피를 들고 담장 아래
서 있는 한국인 선배. 주인공을 칭찬한다.

선배: 성실하고 착해요. 동료들하고 잘
어울리고. 거진 한국인이라고 봐야 해요.

(외국인 노동자가 일자리를 빼앗는다고
욕하던 그는 이제 그런 말을 하지 않는다. 한국인

청년은 공장 일을 배우려 하지 않고 일손은 항상
부족하다.)

    S#4. 기숙사 주방 / 저녁
    외국인 동료들과 부대찌개를 끓이고
삼겹살을 굽는 주인공. 마늘을 쌈장에 찍어
먹는다. 정말로 한국인 같다. 가족에 대한
질문을 받자 미소가 떠오른다.
    주인공: 그립죠. 가족 생각하면서 더
열심히 일해요.

    (카메라가 없을 때 가족과 통화하는
주인공. 동료가 당한 산재를 방치한 악덕 업주와
한국이라는 나라를 길게 욕한다.)

    S#5. 쇼핑가 / 낮
    휴일. 쇼핑하는 주인공. (나이키) 운동화를

신어보고, (아디다스) 티셔츠를 고른다. 단골 식당에 찾아간다. 한국인 사장이 무척 반긴다.

　　사장: 착하고 성실하죠. 주말마다 여기 와서 먹고 가는데 아들 같아서 엄마라고 부르라고 했어요.

　　(주인공은 처음 그 식당에 갔을 때 사장이 했던 말을 기억하고 있다. 못사는 나라에서 온 사람답지 않게 깔끔해 보이네. 주인공은 그 말이 차별적이라고 생각했지만 결국 그곳에 자주 가게 되었는데, 언젠가 그가 느낀 모욕감을 돌려줄 순간을 기다리고 있다.)

　　직업병인지 방송에 필요한 장면들이 머릿속에 빠르게 떠올랐다. 주인공은 한국인이나 다름없고 무척 성실하며 한국인들에게서 좋은 평가를 받는다. 산재

보상을 받지 못해 고생하거나, 임금을 체불한 악덕 사장에 대항하거나, 한국에 질려서 마음을 닫아버리는 주인공은 주인공이 될 수 없다. 물론 그런 다큐멘터리도 있지만 내가 만드는 방송은 그런 게 아니다. 모두가 웃을 수 있고 마음이 따듯해지는 이야기다. 한국인의 시선으로 만든, 한국인이 불편하지 않은 이야기. 이면의 진실은 드러나지 않고 괄호 속에만 존재하는 이야기. 언젠가 그 괄호들을 모아 전혀 다른 이야기를 만들어보고 싶지만 과연 그런 날이 올까.

한참 걷다 보니 한자 간판만 있는 거리가 펼쳐졌다. 개구리 신선로와 양탕을 파는 식당을 지나며 화려한 음식 사진을 눈여겨보았다. 좀 더 걸어가니 길가에 입간판을 세워놓고 손님의 발에 고약을 바르는 남자가 있었다. 티눈과 손발톱 무좀을

전문적으로 치료하는 그의 표정은 매우
진지하고 칼날을 든 손은 재빨랐다. 그걸
보니 다시 머릿속에 각본이 떠올랐다. 그러나
손발톱 무좀을 치료하고 티눈을 도려내는
장면은 시청자들이 불편을 느낄 게 분명했다.
식사 시간에 방송되는 거라면 더더욱.
그러므로 방송 불가. 걸음을 옮기려다 뒤쪽
담벼락에 누군가 붉은 글씨로 크게 휘갈겨 쓴
문장을 발견했다. '오줌 좀 *싸지 마, 개새끼들아.*'
어딜 가나 사람들의 고민과 갈등은 비슷하단
생각을 하며 다시 걸었다.

　　식당 앞으로 돌아가니 길바닥에 외국인
남자가 주저앉아 있었다. 그는 혼잣말을
중얼거리다가 바닥에 드러누워 괴로운 듯
신음을 흘렸다. 가게 밖으로 나오던 중년의
한국인들이 남자를 에워쌌다. 그들은 바닥에
누워 있는 남자를 일으켜 세우며 물었다.

괜찮아요? 아프세요? 도와드려요? 남자는 알아듣지 못할 말을 중얼거리며 한국인들의 부축을 받고 의자에 앉았다. 그제야 한국인들이 떠났고, 남자는 의자에 앉아서 얌전히 졸기 시작했다. 나는 그에게도 가족이 있을지 궁금했다.

엄마는 언니가 무연고자가 되어 쓸쓸하게 죽을 운명이라고 장담했다. 엄마는 무연고자 장례를 치러주는 단체에 주기적으로 봉사하러 갔는데 그때부터 인생은 임종이 전부라는 인생관을 갖게 되었다. 어떻게 살든 죽는 순간에 외롭고 고통스러우면 그의 인생 전체는 외롭고 고통스러운 것이 된다고 말이다. 엄마는 임종의 순간에 어쩐지 혼자일 것 같다고 말하며 언니와 나를 은근히 질책했다. 특히 언니를 조금도 신뢰하지 않았다. 엄마는 언니가 어릴 때부터 남자와 여자 사이에서 갈팡질팡했다며, 그것뿐이면 모른 척하겠지만 박겨울과 이상한 사이가 된 건 도무지 이해할 수 없다고 말했다. 나는 언니를 비난하는 대신 침묵을 택했다.

의자에 앉아 잠들어 있던 남자가 눈을 뜨더니 주머니에서 지폐를 꺼냈다. 나는 남자를 관찰하느라 여자를 뒤늦게 발견했다. 한여름에 롱 패딩을 입은 여자가 남자에게 다가가더니 모금함을 불쑥 내밀었다. 남자는 고개를 저으며 지폐를 주머니에 다시 넣었다. 그러자 여자는 그 앞을 떠나 테이블 사이를 걸어 다니며 모금함을 내밀었다.

나는 여자에게 가까이 다가갔다. 여자는 고개를 들지 않고 내 앞으로 모금함을 내밀며 중얼거렸다.

공의로 세계를 심판하심이여 정직으로 만인에게 판단을 행하시리로다.

나는 모금함을 빼앗아 들며 말했다.

언니, 여기서 뭐 해?

❖

시편 9장 8절.

뭘 그리 중얼거리고 다니느냐고 묻는 내게
언니는 그렇게 답했고, 성경에 나오는 심판에
관한 모든 구절은 외우고 있다고 덧붙여
말했다. 나는 심판을 두려워하는 마음을 그런
식으로 방어하는 거냐고 물으려다 삼켰다.
식당에서 검색해본 할랄 음식의 도살 방법이
떠올랐다. 어쩌면 언니는 '도살'이라는 단어를
일상적으로 느끼며 사는지도 모른다. 목으로
떨어지는 묵직한 칼날처럼 신의 이름으로
무거운 심판을 받는 언니. 그러나 나의
암울한 상상과 달리 언니의 집은 안온한

분위기가 구석까지 감돌았고, 올망졸망한 세간이 깨끗하게 잘 정돈되어 있었다. 집 안을 둘러보는 내게 언니가 시원한 물을 건네주며 말했다.

땀을 왜 그렇게 많이 흘려?

언니는 자기 얼굴에서 비 오듯 흐르는 땀은 신경 쓰지 않고 내 얼굴을 빤히 보았다. 나는 잔을 받아 들고 물을 다 마셨다. 아직도 성경을 필사하는지 언니의 손가락엔 볼펜 똥이 거뭇하게 묻어 있었다.

여긴 어떻게 알고 온 거야?

점퍼를 벗어서 행거에 걸어두고, 땀이 흐르는 목덜미를 수건으로 닦으며 언니가 물었다.

언니랑 소현이는 인연이 있나 봐.

이어지는 내 설명에 언니는 놀랍다는 표정을 짓더니 별다른 대꾸 없이 맞은편

식탁 의자에 앉았다. 흘러내린 땀 때문에
앞머리가 이마에 물미역처럼 달라붙어 있었다.
언니는 내 눈길을 피하며 모금함 귀퉁이를
만지작거렸다.

그건 뭐야?

언니는 대답 없이 모금함을 열고 지폐를
꺼냈다. 천 원짜리 두 장뿐이었다.

그게 다야?

멍한 눈길로 지폐를 바라보던 언니가
말했다.

어제 생선을 굽다가 기름이 사방으로
튀어서 덮개를 사러 갔어. 3천 원짜리랑
5천 원짜리가 있었는데 차이가 뭐냐면,
5천 원짜리는 밑면에 받침이 달려 있어서
사용하다가 테이블에 내려놓더라도 기름이
묻어나지 않아. 3천 원짜리는 받침이 없어서
기름이 다 묻어나고. 2천 원이라는 돈은 그

정도의 가치가 있는 거야. 짜증이 덜 나고, 꽤 이치에 맞는 삶을 누리고 있다는 생각이 들게 하는 거지.

2천 원이 큰돈이라는 의미야?

아니…… 적은 돈이지. 전도도 돈이 있어야 하는데 그런 의미에선 적은 돈이야.

나는 언니가 하는 일이 전도 같지 않아서 언니의 말을 의심했다.

나를 위해 쓰는 건 없어. 교회에 가져다주려고 하는 거야. 거긴 한국인이 거의 없어. 나랑 목사랑 사모뿐이고 나머지는 다 이주 노동자야.

이슬람 식당에서 성경을 외고 다니면서 모금을 한다고?

사장이 좋은 사람이라 내쫓지 않더라.

언니는 의자에서 일어나더니 냉장고를 열어 참외를 꺼냈다. 나는 담소나 나누기 위해 여기까지 온 게 아니었으므로 언니에게 몇 번이나 물었다. 언니는 가족이 싫어? 내가 싫어? 그냥 다 싫은 거야? 언니는 고개를 젓기만 하다가 너는 가족보다 친구에 가깝지, 라고 말했다.

충동적으로 도망쳐 나온 거야. 그래서 너한테 연락을 못 했어.

무슨 일이 있었는데?

천변을 걷다가 쌍쌍으로 춤추고 있는 사람들을 봤어.

그래서?

이상하지 않니? 천변에 수십 명이 모여서 음악을 틀어놓고 쌍쌍으로 춤추는 광경을 떠올려 봐. 가까이 가보니 한국말을 하는 사람들이 아니더라.

거긴 원래 중국인이 많잖아.

그래. 많이 살긴 하지. 근데 그렇게 수십

명이 모여서 야외에서 춤을 추는 건 처음 봤어. 왈츠 같던데.

왈츠라고?

왈츠가 맞을 거야. 남자와 여자가 둘씩 짝지어 추더라.

언니가 왈츠 추는 사람들을 본 일과 도망치듯 사라져버린 행동 사이엔 아무런 연관이 없는 것 같았다. 내 말에 언니는 이해받을 수 있을 거라 생각하지 않았다고 잘라 말하더니 찬물을 홀짝였다. 나는 내내 궁금했던 것을 물었다.

혹시 내가 유튜브 하자고 해서 도망친 거야?

언니는 곤혹스럽다는 표정을 지으며 식탁 모서리를 응시했다.

사람들 앞에 나서고 그럴 사람이 못 돼, 내가.

박겨울 때문에 그래?

언니는 대답 없이 컵만 만지작거렸다.

……너도 고생했지, 그때.

나는 아니라고 말하지 않았다. 나도
명백히 고생 좀 했다는 얼굴로 한숨을 길게
내쉬었다.

박겨울과 언니 그리고 나. 오래전 우리
셋은 같은 고등학교에 다녔다. 여름날
하굣길에 언니는 박겨울과 팔짱을 끼고
집으로 돌아오다 첫 입맞춤을 했다. 그 순간을
목격한 누군가가 소문을 퍼뜨렸고, 박겨울은
검정고시를 치르겠다며 자퇴했다. 학교에
남은 언니는 괴롭힘을 당했다. 나 역시 언니
때문에 은근한 따돌림을 당했다. 그러나
언니를 원망하진 않았다. 모두가 비난하는
두 사람의 관계에 흥미를 느꼈거나 그들의
편에 섰던 것은 아니다. 나는 언니가 너무

행복해 보여서 도저히 그만두라는 말을 할 수
없었다. 그만두라고 해도 듣지 않을 걸 빤히
알기도 했다. 언니는 다정한 사람이었지만
자기 의견을 굽힌 적이 없었다. 상대를
설득하지도 않았고 아무런 협상 없이 자신의
선택을 묵묵히 행했다. 나는 그런 언니를
알았기에 말리기보다는 기다렸다. 언젠가 정신
차리고 돌아올 거라고 모두가 믿었고 나 역시
그랬으니까. 이젠 다 지나간 일이라고 하기엔
우린 박겨울을 잊지 않았고, 나는 지금도
친척들이 모인 자리에서 박겨울과 종종
마주쳤다.

　개 때문이 아니야.

　언니는 그렇게 말하더니 모금함을 닫고
한숨을 내쉬었다. 나는 모금하러 다니지 말고
차라리 일해서 번 돈으로 십일조를 하라고
말했다. 언니는 이미 하고 있다고 대꾸했다.

평일엔 식당에서 서빙하고, 모금은 주말에만 전도 활동으로 하는 거라고.

언니는 외국인들한테 그런 모습을 보이고 싶어?

내가 어떤 모습인데?

한여름에 패딩 입고 땀을 뻘뻘 흘리고 다니는 여자를 누가 정상으로 보겠어. 나라 망신이야. 차라리 한국인이 많은 곳에서 해.

그런 곳은 싫어.

왜 싫은데?

언니는 식탁보 끄트머리를 둘둘 말더니 이유를 알려주면 더 이상 자기를 찾아다니지 않겠느냐고 도리어 물었다. 나는 그러겠다고 답했다.

······혹시 마주칠까 봐.

나는 말문이 막혔다. 설마 그건 아니겠지 했는데. 차라리 귀신을 봤다고 말하면 마음이 더 편할 것 같았다. 언니가 내 표정을 보더니 연이어 말했다.

이상한 생각이라는 거 나도 알아. 근데 정말로 마주칠 수도 있잖아. 아무도 몰라, 그건.

그게 말이 되는 소리야?

나는 알고 싶지 않은 언니의 치부를 본 것 같아서 속상했다.

정말로 그게 전부야?

언니는 여전히 내 눈길을 피하면서 천천히 입을 열었다.

……이방인들 사이에 섞여 있으면 마음이 편해. 나는 한국이 너무 답답하거든.

여기도 한국이잖아.

외국인이 많잖아. 그들한테 한국은 스쳐 지나가는 장소일 거야. 나도 그렇게 살고 싶어. 한곳에 머물며 모든 것에 마음 쓰고 싶지 않아.

뭐든 가볍게 대하고 싶어.

그 사람들 생각은 다를 수도 있어. 이럴
거면 차라리 외국에 나가서 살지 그래?

나는 더 이상 언니를 신경 쓰고 싶지
않은 마음이 들어 충동적으로 그렇게
말했고, 언니는 그러기엔 돈이 너무 없다고
대꾸했다. 나는 심호흡을 하며 언니의 머리를
쥐어박고 싶은 충동을 다스렸다. 언니에겐
나뿐이니까. 모두가 언니에게 돌을 던졌고,
앞으로도 언니의 이야기를 안다면 누구든
서슴없이 그럴 테니까. 언니를 감싸줄 사람은
여전히 나밖에 없다. 박정혜라는 사람의
인생이 잘못된 사랑 한 가지로만 대변되는
것이 아님에도 사람들은 부도덕의 극치라고
생각한다. 그리고 그것은 보편적인 기준으로
보면 크게 틀린 생각은 아니다.

언니가 사촌을 사랑한다는 걸 안 순간부터

나는 언니를 이해하기 위해 노력하는 대신 상처 주지 않으려 애썼다. 그러면서 내가 더 상처받았다. 사람을 가려서 사랑하라고 말하고 싶었지만 하지 않았다. 그리고 그런 말을 하지 않는 내가 이상하게 느껴져 몹시 괴로웠다. 지금도 그렇다. 엄마도 아버지도 심지어 박겨울도 모든 게 언니의 잘못이라고 하는데 나는 왜 그런 생각이 들지 않을까. 혹시 언니보다 내가 더 이상한 사람인 걸까……. 나는 어떻게든 언니의 손을 놓지 않으려는 내가 언니보다 더 부도덕한 인간은 아닌지 깊게 고민했다. 그런 생각의 끝엔 내가 언니의 손을 놓으면 언니가 이 세계에서 감쪽같이 사라지더라도 아무도 모를 것이라는 예감이 있었다. 나는 언니의 쓸쓸한 죽음이나 아무도 알아채지 못하는 실종을 막고 싶었다.

언니는 모금함 귀퉁이를 조금씩 구기다가

입을 열었다.

　겨울아, 어떤 마음은 절대로 사라지지
않아. 3년이 지나고, 5년이 지나도 그대로
남아 있어. 그래서 10년을 기다리면 될까 해서
기다렸는데 여전히 그대로인 거야. 그러다
시간이 더 흘렀고…… 그사이에 다른 사랑도
했어. 근데 걔를 좋아했던 마음은 그대로 남아
있어. 그런 마음도 가능해. 사실 불가능한
마음은 없어.

　나는 언니가 나를 겨울이라고 불렀다는
걸 지적하지 않았다. 언니의 말에 화가 나지도
않았다. 그런 사랑을 하필이면 사촌과 한 것이
안타까울 뿐이었다.

　정연아, 너는 첫사랑이 뭐라고 생각해?

　나는 대답 대신 언니의 얼굴을 물끄러미
보았다. 하고 싶은 말이 있으면 해보라는
의미로.

대답해봐. 뭐라고 생각해?

처음 사랑한 사람이지.

나도 그런 줄 알았는데 아니더라. 시간이 한참 흐른 뒤에도 강렬한 기억으로 남아 있는 사람, 그게 바로 첫사랑이야.

그건 언니만의 정의 아니야?

언니는 틈을 두었다가 말했다.

내가 알아.

뭘 아는데? 언니가 뭘 알아.

나는 웃으며 말하려고 했지만 의도와 달리 표정이 딱딱하게 굳었다.

너는 내가 답답해 보일 거야. 왜 저러나 싶겠지. 근데 나는 지금 마음이 편해. 모금함 들고 다닐 땐 내가 이 세상에 중요한 쓰임이 있어서 온 사람이라는 생각도 들어.

혹시 사이비 종교에 빠진 건 아니지?

아니야. 장로회야.

여기엔 언니를 아는 사람이 없어서 좋은
거 아니야?

언니는 내 말에 아무런 반박도 하지
않았다. 이방인들의 섬에서 다시 이방인이
되는 경험을 반복하며 자신의 뿌리로부터
멀어지려는 정혜 언니. 언니의 뿌리가
가족인지 박겨울인지 한국을 연상하게 하는
모든 것인지 나는 알 수 없었다. 하지만
언니가 씨앗처럼 날아다니다 뿌리가 자라기
전에 다시 떠나는 방식으로 살고자 한다는
건 알 것 같았다. 그렇게 살면 가장 지치는 건
본인이라고 말해야겠지만 나는 언니를 놓지
않으려는 나라고 주장하고 싶었다.

온 김에 저녁 먹고 가.

술은 없어?

언니는 소주가 있다고 답했다. 나는
밥은 됐고 안주나 달라고 말했다. 언니는

냉장고에서 꽈리고추 멸치조림과 콩자반,
진미채볶음을 꺼내주었다. 지극히 가정적인
느낌의 반찬들을 보며 나는 안도했다. 언니가
다 한 거냐고 물었더니, 교회 사모가 준 것도
있고 교회 사람들에게 나눠주려고 직접 만든
것도 있다고 했다. 언니가 속한 공동체에서
언니의 자리가 어떨지 짐작되었다. 언니는
내가 예상했던 것보다 잘 지내고 있었다.

신기하다. 얼마 전에 네 꿈 꿨는데.

무슨 꿈인데?

성곽으로 둘러싸인 너른 잔디밭에서 같이
연 날리는 꿈. 그러다 연줄이 끊어져서 내
연이 멀리 날아가니까 네가 연을 잡겠다고
달려갔어. 내가 말려도 절대로 포기 못 한다고
말하면서 연을 쫓아갔어.

나는 진미채를 우물거리며 잠시
침묵했다. 우리가 함께 연을 날려본 적이

있던가. 아무리 생각해봐도 없었다. 연에
관한 기억이라곤 하나뿐이었다. 수업 시간에
만든 방패연을 들고 하교하던 중 같은 반
남자아이와 다투었고, 방패연이 망가질 때까지
서로를 때렸다. 뒤늦게 나를 발견한 언니가
갖고 있던 줄넘기로 남자아이를 후려쳤다.
남자아이의 얼굴 한가운데엔 기다란 붉은색
줄 자국이 선명하게 남았고, 그 일로 언니는
엄마에게 크게 꾸중을 들었다. 남자아이의
부모가 집으로 찾아와 거세게 항의해서였다.
그날 언니는 눈물을 뚝뚝 흘리며 그들에게
거짓으로 사과했다. 나는 언니가 슬픔이
아니라 분노 때문에 운다는 걸 알았다. 언니는
자신이 잘못한 게 없다고 생각했고, 맞고
있는 동생을 구한 건 옳은 일이라고 끝까지
주장했다. 언니의 고집에 지친 엄마는
한 번만 더 누군가를 때리면 밥을 주지

않겠다고 말했다. 그 말을 듣고서 나는 엄마 몰래 언니에게 밥을 가져다줄 결심을 했다. 밥보다 더 중요한 게 있다면 그것도 가져다줄 결심을 했다. 내가 또 맞고 있는 걸 본다면 언니는 가만있지 않을 테니까. 나는 어릴 적 기억을 떠올리며 언니에게 물었다.

그 꿈은 무슨 의미일까?

나한테 중요한 걸 찾아준다는 의미 아닐까.

연을 찾았어?

그건 중요하지 않아. 찾아주려고 달려갔다는 게 중요하지.

언니는 그렇게 말하며 내 앞으로 술잔을 내밀었다. 나는 언니의 잔에 소주를 가득 채웠다. 이렇게 긍정적인 생각을 가진 사람이 어떻게 그리 큰 덫을 마음속에 품고 사는지 도통 이해되지 않았지만, 이해하려고 노력하는 대신 상처 주지 않을 수 있는 방법을 고심했다. 하지만 그런 의지는 술기운이 오르며 빠르게 사라졌고, 나는 언니가 어디에서 무얼 하며 사는지 알았으니 이제부터 한시름 놓고 이 동네에 무슨 맛집이 있는지나 알아봐야겠다고 생각했다. 결국 언니를 만나서 하게 되는 것들이 이토록 사소한 것이라면 애타게 연락을 기다리던 나의 모습이 겸연쩍어지지만 정말이지 별것이 없었다. 언니와 함께 하고 싶은 건 죄다 일상 속에서 흔히 하는 것들뿐이니까. 나는 취기를 느끼며 입을 열었다.

어쩌면 언니는 용감한 사람인지도 몰라.

그게 무슨 말이야?

괴로우면 피하기 마련인데 언니는 그러지 않잖아.

나도 피해. 피하니까 여기서 이러고 있지.

아니야. 피했으면 박겨울처럼 잘 먹고 잘 살고 있을 거야.

언니는 아무런 대답도 없더니 무심함을 가장하며 말했다.

겨울이가 너보다 언니잖아.

……언니라고 하기 싫어.

소주 두 병을 나누어 마신 뒤 우리는 방바닥에 나란히 누웠다. 손을 뻗어 커튼을 쳤더니 이사하기 전 언니가 살았던 집의 풍경과 별반 다를 게 없어서 나는 언니가 사라졌던 1년이라는 시간을 쉽게 지울 수 있었다. 결국 언니의 방에서 나는 냄새와 언니의 생각과 태도, 언니의 첫사랑은 조금도 변하지 않았고 나 역시 그러하기에 1년이라는 간극은 버스로 이동하는 한 정거장보다 짧은 거리가 되었다. 나는 그런 생각을 하며 벽에

걸린 언니의 검은색 롱 패딩을 물끄러미
보다가 〈센과 치히로의 행방불명〉에 나오는
가오나시처럼 검은색 자루 같은 모습으로 서
있는 언니의 뒷모습을 떠올렸다. 좋아하는
마음을 더는 전할 수 없어서 좌절한 언니의
그림자를. 끊임없이 갈망하는 요괴처럼
변해버린 언니의 모습을.

추억을 갈망하는 것도 욕심에서
기인한다. 한번 겪었으면 됐지 왜 자꾸 기억을
되살리려고 해. 나는 그런 말로 언니를 혼내는
대신 아직도 정신과 약을 복용하고 있는지
담담히 물었고 작은 목소리로 응, 이라고
답하는 소리를 들었다.

그래, 잘하고 있네.

언니는 작게 한숨을 내쉬었는데 어쩌면
작게 웃는 소리인 것도 같았다. 얼마 지나지
않아 언니는 숨을 고르게 내쉬며 잠들었다.

나는 잠든 언니의 옆얼굴을 바라보다 하원한 딸아이를 돌보고 있을 겨울 언니를 떠올렸다. 겨울 언니에게 정혜 언니는 어떤 의미로 남았을까. 경조사 자리에서 마주친 겨울 언니에게 한 번도 그걸 묻지 않은 건 나의 분노를 우회적으로 드러낸 것이었고, 혹여나 돌아올 차갑거나 뜨거운 대답을 방어할 만한 힘이 내겐 아직 없기 때문이었다. 둘의 사랑으로 나의 등이 터지는 일은 이제 피하고 싶었다.

내 첫사랑은 누구였지. 나는 언니의 말을 상기하며 강렬한 기억을 선사한 사람의 얼굴을 떠올려봤지만 결국 나와 그 사람 모두 유치하게 굴었던 이별의 순간만 되살아났다. 첫사랑이 누구에게나 오랫동안 잊지 못할 가슴 아픈 기억으로 남진 않는다. 어쩌면 그것이 축복인지도 모르지. 나는 나의 매력

없는 첫사랑을 떠올리다 언니가 가여워졌다.

겨울 언니가 다 파먹고 껍데기만 남은
정혜 언니. 나의 하나뿐인 언니.

나는 겨울 언니에게 당장 전화를 걸어
모든 걸 털어놓고 싶은 충동을 꾹 누르며
이불을 머리끝까지 덮어썼다.

그날 밤, 꿈속에서 나는 높다란 나무에
걸린 연을 발견했다. 그것이 언니가 잃어버린
연인지는 알 수 없었지만 나는 가오리연의
기다란 꼬리가 바람에 자꾸만 나풀거리는
것을 바라보다가 얼레에 연줄을 감았다. 한
바퀴를 감고 나자 연줄은 더 이상 꿈쩍도
하지 않았고 결국 연을 포기할 수밖에
없었다. 집으로 걸어가며 돌아보니 연은
앙상한 나뭇가지에 걸린 채로 바람을
맞으며 팔랑거리고 있었다. 처음부터 거기가

목적지였다는 듯이 편안해 보였다.

언니를 찾아낸 김소현에게 고마움의
표시로 치킨과 맥주를 사주었다. 김소현은
여전히 부동산에 빠져 있었고 나를
만나자마자 푸념부터 늘어놓았다.

적게 잡아도 한 학급의 3분의 1이
중국어를 해. 부모가 조선족이라서. 걱정이야.
빨리 다 밀어버리고 아파트가 들어와야
하는데.

아파트가 들어오면 그 사람들이 밀려나?

아파트는 비싸니까. 근데 아파트가
들어와도 걱정이다. 그 동네 이미지가 안
좋잖아. 얼마 전에 본 영화에선 거길 잔혹
범죄의 온상지처럼 그렸더라. 한국 경찰도

접근 못 하는 살벌한 곳으로. 이런 걸 항의하려면 어디에 해야 하니? 동네 이미지 안 좋아지면 아파트가 지어져도 사람들이 관심을 덜 보일 거 아니야. 지금까진 몰라서 그랬다 쳐도 앞으론 안 그랬으면 좋겠어. 그거 차별이야. 요즘 누가 그런 스탠스를 취해?

김소현은 팔짱을 끼며 계속 툴툴거렸다. 나는 김소현과 이정해가 봄 씨를 쫓아냈을 때 차별주의자라고 비난당했던 일이 떠올랐다.

이번에 세입자를 새로 들여야 하는데 둘 중 어느 쪽이 나은지 골라봐.

김소현은 닭다리를 흔들며 말했고 나는 알겠다는 의미로 고개를 끄덕였다.

한 명은 방글라데시 노동자야. 가족은 고국에 있고 근처 공단에서 성실하게 일하는 가장이고 뭐 그런 케이스. 다른 한 명은 한국인 할머니야. 중개인 말로는 오래전부터 아는

분인데 살림을 아주 깨끗하게 하신대. 근데 자식 없이 혼자라서 고독사할지도 모른다는 리스크가 있어. 둘 다 내 집을 마음에 들어하는 상황이고. 너라면 어느 세입자를 들일래?

너는 어느 쪽이 더 끌리는데?

둘 중 하나만 골라야 하면…… 아무래도 젊은 사람이 낫겠지?

나는 닭 날개를 만지작거리며 대답을 미루었다. 김소현은 곧바로 결정을 내렸다.

방글라데시 사람으로 해야겠다. 고독사하면 청소하기 진짜 힘들대. 냄새도 잘 안 빠지고.

나는 묵묵히 고개를 끄덕이며 내가 고독사할 가능성에 대해 생각해보았다. 언니와 일주일에 한 번만 연락할 때도 있으니 불가능한 일은 아니었다. 김소현은 무를 씹다가 말했다.

앞으로 외국인 노동자가 더 많이 늘어날 거래. 우리 삼촌도 버섯 농사하시는데 캄보디아 노동자를 고용했거든. 한국말을 꽤 잘한대. 거기서 한국어 학원을 다녔다나 봐. 절박하니까 이를 악물고 공부했겠지?

……그랬겠지. 근데 너희 삼촌 악덕 고용주는 아니지?

김소현은 아무런 대꾸 없이 닭 뼈를 통 안에 신경질적으로 던져 넣었다. 나는 우리 둘 중 누가 더 편견에 사로잡힌 사람인지 생각해봤지만 답을 알 수 없었다.

치킨집을 나와 근처 SPA몰로 향했다. 언니에게 새 여름옷을 사주고 싶었다. 어디에 살든 계절에 어울리는 옷만 입고 다니면 걱정을 덜할 것 같았다. 김소현은 쇼핑에 쓸 돈은 없다며 투덜거리면서도 굳이 나를 따라왔다.

천장 에어컨에서 쏟아지는 냉기를 맞으며 언니에게 어울릴 만한 옷을 골랐다. 라벨을 보니 메이드 인 방글라데시, 라고 적혀 있었다. 김소현이 선택한 세입자의 나라. 방글라데시에 살던 남자는 돈을 벌기 위해 한국에 왔고, 그의 아내는 방글라데시 공장에서 한국에 보낼 옷을 만든다. 나는 그녀의 하루를 상상하다가 패스트패션이 환경 파괴의 주범이라는 사실을 떠올렸다. 만일 내가 SPA 브랜드 구매를 멈추면 현지 공장에서 일하는 여성 노동자는 어떤 일을 하게 되는 걸까. 나는 그런 생각을 하며 반소매 블라우스를 들고 카운터로 향하다가 김소현과 맞닥뜨렸다. 김소현은 원피스를 몸에 대어보더니 내게 물었다.

이거 어때?

그 옷은 김소현에게 전혀 어울리지

않았지만, 나는 무척 잘 어울린다고 말했다.

❖

언니는 내가 사준 블라우스를 입고서
거울에 비춰보더니 촌스럽지 않니, 라고
물었다. 나는 언니의 안색이 어두워서 그런
거라고 답했다. 언니는 시무룩한 얼굴로
거울을 들여다보았다.

블라우스에서 떼어낸 가격표를 작게 접고
있는데 핸드폰이 진동했다. 섭외가 불발되어
대체할 사람이 필요하다는 연락이었다. 나는
노트북을 꺼내 필요한 자료를 찾다가 1년
전에 작성해둔 문서를 발견했다. 유튜브 방송
채널을 만들어 언니를 출연시키려고 했을
때 심심풀이로 만든 것이었다. 기획 의도와
언니와의 대화를 두서없이 써놓은 메모를

읽어 내려갔다.

　누구에게나 한 번쯤 그런 시기가 온다.
절대로 상처받고 싶지 않은 시기가. 한 번만
더 상처받으면 아무도 못 찾는 곳으로 도망쳐
숨어버릴 것 같은 시기가. 정혜 언니 역시
그런 시기를 지나고 있는 것이리라. 한여름에
롱 패딩을 입고 다니는 언니는 오늘도 천변을
걷는다. 나는 그런 언니의 속마음을 카메라에
담을 것이다. 천변을 오가는 사람들이
곁눈질하며 슬금슬금 피하는 박정혜는 실은
전혀 이상한 사람이 아니다.

　언니: (카메라를 돌아보며) 뭐 찍니?

　나: 언니.

　언니: 나를 왜?

　나: 가까이서 보면 이상한 사람이

아니니까.

언니: 카메라로 가까이서 볼 수 있다는 거야?

나: 그러려고 마음먹으면 맨눈으로 보는 것보다 나아.

언니: 그러니. 신기하네.

나: 언니는 어떤 세상을 원해?

언니: 질문이 촌스럽다.

나: 대답해봐.

언니: 사랑이 가득한 세상.

나: 대답이 더 촌스럽다.

이 문서를 작성하던 날 우리는 선풍기 앞에 드러누워 촬영을 가정하며 농담 따먹기 식의 대화를 나누었다. 언니는 이런 방송을 누가 보겠느냐고 물었다. 나는 대답을 망설였다. 아무도 보지 않을 것이다. 하지만

언니가 카메라에 담긴 자신의 모습을 보고
무언가를 깨달았으면 싶었다. 더 이상 신의
이름으로 자신을 심판하지 말았으면 했다.

블라우스를 입고 거울 앞에 서서
파운데이션을 바르던 언니가 화장이 허옇게
뜬 얼굴로 나를 돌아보며 말했다.

바쁘다면서. 그만 가.

이제 뭐 할 거야?

노래 들으려고. 요즘 이거 자주 들어.

언니는 휴대폰을 집어 들더니 제목이
〈첫사랑〉인 노래를 틀어놓고 작게 따라
불렀다. 나는 그런 언니를 보며 사랑이 가득한
세상 속에 사는 사람 같다고 생각했다.

다문화거리를 통과해 역으로 걸어갔다.
처음엔 생경했던 풍경이 이젠 누군가의
일상으로 보였다. 언니가 사는 동네라서

그런지 이국적인 거리가 친근하게 느껴졌다. 과일 노점에 서 있는 외국인 남자의 유창한 한국어에 더 이상 놀라지 않았고, 카드 가능이라고 적힌 푯말을 봐도 그렇구나, 하고 생각할 뿐 저게 왜 한글로 쓰여 있나 고민하지 않았다. 거리에 온통 외국인만 보여도 장을 보거나 외식하러 나온 사람들로 생각될 뿐 어느 나라에서 온 사람들이며 월급을 얼마나 받고 있을까 생각하지 않았다. 몰라서 그렇지 한국은 다양한 모습을 갖고 있을 것이다. 실은 모든 나라가 그럴 것이고, 뜻밖의 풍경이 그 나라의 진짜 모습일 수도 있다.

　나는 언니의 진짜 모습을 알고 있는 걸까. 과연 그걸 알 수가 있는 걸까. 그저 언니에게 상처 주지 않으려고 노력하는 사랑의 자세만 가질 수 있지 않을까. 나머지는 상상의 영역일 뿐이다. 완벽히. 그럼에도 나는 언니에게 바라는 것이 한 가지 있었다. 가을이 오면 언니가 가을 씨를 만나길 바랐다. 그 사랑이 오랫동안 신의 고함 속에 갇혀 있는 언니를 평온함으로 끌어내주길 바랐다. 거대한 풍차에 매달려 어쩌지 못한 채로 허공을 돌고 있는 언니가 지상에 두 발을 내려놓길 바랐다. 하지만 그건 나의 바람일 뿐 언니는 변하지 않을 것이다. 언니가 품고 있는 괄호는 영원히 그 사람일 것이다. 그걸 안다. 알기에 나는 더욱 간절히 소망했다.

2

로얄메트로포레골드프레스티지아파트
C동. 나는 선배가 보낸 톡을 몇 번이나 다시
확인했다. 이름이 길고 복잡해서 좀처럼
외워지지 않았다. 도대체 이런 작명은 어떻게
탄생한 것일까. 높은 매매가로 명성을
떨치는 아파트가 되길 바라는 염원을 담아
지었겠지만, 주소를 말할 때마다 말하는
사람의 혀는 물론이거니와 듣는 사람의 귀도
번거롭게 하는 이름이었다.

얼마 전 결혼한 선배의 집들이가 있는
날이었다. 선물은 이미 기프티콘으로 보냈으니
빈손으로 가더라도 겸연쩍지는 않을 것
같았다. 오래 있고 싶은 자리가 아니었고,
그다지 친하지도 않은 사람이었다. 그러나
언니의 집과 거리가 가까웠고 마침 언니와

저녁 약속이 있기도 해서 겸사겸사 참석하는
자리였다.

과하게 번쩍거리는 금색 엘리베이터를
타고 집 앞에 도착하자 먼저 온 사람의 뒷등과
그를 맞이하고 있는 선배가 보였다. 나는
그들에게 다가가 인사를 건넨 뒤 새 아파트라
깨끗하고 좋다며 입에 발린 칭찬을 하고서
거실로 들어갔다. 먼저 와 있던 사람들이
소파에 앉아 있다가 나를 보더니 몸을 절반쯤
일으켰다.

모두가 한때 같은 회사에 다녔던
사람들이었다. 스포츠 용품을 만드는
곳이었는데 매출 부진이 지속되다 결국
망하고 말았다. 낮술을 마시고 나타난 사장은
직원들과 작별 인사를 하면서 중국산 저가
제품에 밀린 현실을 한탄했다. 경쟁이 안
되는 걸 경쟁하려고 하면 나처럼 됩니다.

어딜 가든 명심하세요. 무조건 싸게 파세요, 싸게. 이제 우린 각자 다른 회사에서 뭔가를 팔고 있었는데, 발 넓고 인맥 관리 잘하기로 정평이 난 선배가 우리를 한자리에 모아놓고 집들이를 연 것이다.

그거 봤어? 엘리베이터 버튼이 신발장 옆에 있더라.

한 사람이 그렇게 말하자 다들 맞장구를 치거나 놀란 기색을 내비쳤다. 이젠 서로의 이름조차 기억이 희미해진 상태였지만 그런 내색은 하지 않고 공통의 화제를 찾기 위해 애써 노력하는 듯했다. 나도 한마디 거들었다.

단지 안에 커다란 분수가 있던데요.

정미 씨도 봤어요? 트레비 분수처럼 조각상도 있던데요.

여기 이름에 로마는 안 들어갔지?

아파트 이름을 조롱하며 웃은 사람은

종 과장이었다. 원래 성은 '조'이지만 사장의
종이나 다름없다고 해서 종 과장이라고
불렸던 사람이다. 그는 동료들이 지어준
별명을 듣고도 불쾌한 기색을 드러내는 대신
배꼽을 잡고 웃기만 해서 모두를 놀라게 했던
인물로 오랜만에 만나도 역시 웃음이 많았다.
그러나 가짜 웃음이라는 걸 모두가 알았다.
유머러스한 사람이라는 이미지를 아직도
고수하고 싶은 듯한 그에게 지금은 어디서
일하고 있는지 물었다.

　　염료 만드는 회사야. 사장이랑 관리부 몇
명 빼곤 다 외국인 노동자야.

　　제가 일하는 곳도 그래요.

　　종 과장 옆에 앉아 있던 치강 씨가 말했다.
그의 이름은 정확하게 기억하고 있었다.
박치강. 잊으려 해도 잊을 수가 없지. 그에게
애인이 생기는 바람에 그리 크진 않았던

마음의 불꽃이 쉽게 꺼졌다. 그래도 한때
마음이 기울었던 사람이라 그런지 오랜만에
얼굴을 보니 의외로 설렜다. 지금도 그
애인이랑 사귀고 있을까. 궁금했지만 당연히
묻지 못했다. 치강 씨는 내 마음을 꿈에도
몰랐을 테니까.

치강 씨는 무슨 회사 다니시는데요?

그는 육류 가공식품을 만드는 회사에서
일한다고 답했다. 사골 육수와 소고기를 실컷
먹을 수 있는 점이 좋긴 하지만 콜레스테롤
수치가 높아져서 걱정이라고 했다. 그러자 종
과장이 말했다.

안 먹으면 되잖아.

그게 잘 안 돼요. 주면 자꾸 먹게
되더라고요. 명절 선물이나 보너스도 소고기로
받을 때가 태반이고요.

치강 씨의 맞은편에 앉아 있던 두 사람이

고개를 주억거리다 현재 다니고 있는 회사에
대한 험담을 늘어놓았다. 그들의 말이 끝나고
모두가 나를 돌아보았을 때 나는 영상
콘텐츠를 제작하는 회사에서 일한다고 짧게
말했다. 종 과장이 뜻밖이라는 반응을 보이자
치강 씨가 내게 물었다.

정미 씨 예전에 방송 아카데미 다녔다고
하지 않았어요?

……네, 맞아요.

결국 하고 싶었던 일을 하고 계시네요.

나는 얼굴을 붉히며 그렇다고 답했지만
하고 싶었던 일이구나, 새삼 깨달았다. 망한
회사의 사장이 했던 말이 다시 떠올랐다.
무조건 싸게 파세요, 싸게. 나는 상품이 아니라
내 노동력을 싸게 팔고 있었다.

유튜브에 올리는 영상을 만드는 거죠?

이름이 도통 기억나지 않는 사람이

물었고, 내가 대답을 하기도 전에 모두가
당연히 그럴 거라는 듯이 고개를 끄덕였다.

뻔한 거 말고 새로운 것 좀 만들어줘.

과장님도 유튜브 자주 보세요?

종 과장은 당연한 거 아니냐고 묻더니
뻔한 거 말고 새로운 것, 이라고 다시 힘주어
말했다.

뭐가 뻔하고 뭐가 새로운데요?

내 말에 종 과장은 눈동자만 굴리며
묵묵부답이었고, 생각에 잠긴 표정을 짓던
치강 씨가 말했다.

모두가 예상하는 이야기는 뻔한 거
아닌가요.

적절한 대꾸를 찾고 있는데 선배의 아내가
나타나 우리에게 인사를 건넸다. 이름이
독특했다. 정위전. 어릴 때 위인전이라고 놀림
깨나 받았다고 말하는 위전 씨의 억양에서

약간의 어색함이 감지되었다. 중국 동포인가.

치강 씨가 자기소개를 하며 이름 때문에 놀림

받은 동지라고 덧붙여 말했다. 미치광이,

박치기왕. 그 말에 다들 손뼉을 치며 폭소했다.

박치강이라는 이름을 처음 들었을 때 나도

박치기왕을 떠올렸기에 누구보다 크게 웃었다.

　화기애애한 분위기 속에서 주방으로

자리를 옮겨 식탁 앞에 둘러앉았다. 와인에서

시작해 소맥으로 연결되는 과정에 다들

자연스레 적응했다. 다소 편안해진 분위기에서

위전 씨가 뜻밖의 말을 했다.

　제가 시민 연극단에서 연극을 하는데

등장인물 말투를 연습 중이에요. 그래서

억양이 조금 달라졌어요.

　아, 저는 중국 동포분이신 줄 알고.

　내 말에 위전 씨는 그런 오해를 받아

기쁘다고 말했다. 그러자 치강 씨가 어떤

역할인지는 모르겠으나 차별적인 내용은 아니었으면 좋겠다는 의견을 진지한 표정으로 내놓았다. 갑자기 그런 이야기를 툭 던지니 종 과장을 비롯해 집들이 참석자 세 명이 눈을 동그랗게 떴다.

차아벼얼?

종 과장이 일부러 길게 늘어뜨린 발음으로 말하더니 자기는 요즘 윗집 사람들 때문에 스트레스를 받아서 머리카락이 다 빠질 지경이라고 했다. 종 과장은 예전부터 머리숱이 빈약해 흑채를 사용하고 있었다.

중국인이 산다고 미리 얘길 해줘야 할 거 아니야. 나만 피해 보잖아, 나만. 이전 세입자한테 완전히 속았어.

층간 소음 문제예요?

그것만이 아니야. 어찌나 이기적인지 몰라. 밤낮이 없고 애는 종일 빽빽 울어대고 집은

왜 또 그렇게 지저분하게 쓰는지. 아무리 약을
쳐도 벌레가 계속 나와. 그거 다 윗집에서 온
거라니까. 내가 세스코를 불러서 물어봤잖아.

세스코가 위층에서 온 거래요?

아니, 그런 얘긴 안 했는데…….

종 과장은 눈길을 내려뜨리며 말끝을
흐렸다.

외국인이라서 그런 게 아니에요. 한국인도
그런 사람 있어요.

내 말에 치강 씨가 동의했다.

맞습니다. 그런 말씀 드러내놓고 하지
마세요.

치강 씨의 말에 종 과장은 자기가 뭘
잘못했느냐며 눈을 부라렸다. 종 과장이라는
별명을 듣고도 웃던 사람이 이런 일에 화를
내니 이상해 보였다. 윗집 사람들에게 크게
당한 적이 있나 싶었지만 이어지는 말을 보니

그것도 아닌 것 같았다. 그가 거주하고 있는 동네에 언제부턴가 중국인이 이주해오기 시작했고 이젠 서울의 대표적인 중국인 밀집 지역처럼 되어가고 있다며 탄식했다.

집값 걱정하는 게 아니야. 동네 수준, 그게 문제라고.

과장님이야말로 수준이 별로 안 높으신데.

치강 씨는 그런 말을 내뱉고 나서 농담이라는 듯이 큰 소리로 웃었지만 아무도 따라 웃지 않았다. 온갖 배달 음식이 잘 차려진 식탁 위로 별안간 정적이 내려앉았다. 우리는 뒤늦게 집들이를 연 선배의 눈치를 살폈다. 말 많은 사람이 유난히 길게 침묵하는 것이 이상했다. 그러고 보니 중국 동포 역할을 맡았다는 위전 씨의 입꼬리도 아래로 내려가 있었다. 우리가 뭘 잘못한 걸까. 다들 호스트의 심기를 거스른 게스트는 되고 싶지 않았는지

어색한 표정을 지었다. 종 과장마저 정신을
차리고 사과했다.

미안해. 이런 말은 동네 커뮤니티에서
해야 먹히는데 괜히 여기서 꺼내가지고.

사람 좋고 유들유들하기로는 타의 추종을
불허하는 선배가 딱딱한 표정으로 입을
열었다.

저희 형수가 중국 동포분이에요. 형이
식당을 몇 개 운영하는데 재작년에 거기서
일하시던 분이랑 결혼했어요. 싹싹하시고
일 잘하시고 무엇보다 형을 위해주는 게
한눈에 보여요. 저도 편견 있었고 처음엔
결혼도 반대했어요. 근데 사는 거 보니까
똑같더라고요. 우리가 부정적인 기사만 접하고
거기 달린 댓글만 봐서 그렇지 알고 보면
평범해요. 다 똑같아요, 과장님.

어, 그래, 알았어. 그 얘긴 그만하자.

그리고 나 이제 과장이 아니라 부장이야.

종 과장은 분위기에 맞지도 않는 농담을 던지면서 자신의 잘못을 선배의 실수로 은근히 덮으려 했지만 아무도 호응해주지 않았다. 한번 가라앉은 분위기는 좀처럼 나아지지 않았고, 나중엔 몇몇이 자작으로 술을 마셔도 서로가 적당히 모른 척했다.

집들이를 마치고 엘리베이터에 오른 게스트들은 지하 주차장으로 향했다. 나와 치강 씨만 단지 정문까지 함께 걸어갔다.

그에게 어느 쪽으로 가는지 물었더니 머리가 아파서 근처를 좀 걷고 싶다는 답변이 돌아왔다. 나는 언니와의 약속 시간이 얼마나 남았는지 확인했다. 한 시간 남짓이었다. 언니가 일하는 감자탕집에서 만나기로 했기에 일부러 술을 적당히 마셨는데, 치강 씨가 집에

가기 싫다고 말할 줄 알았으면 더 마실 걸
그랬다는 후회가 밀려왔다. 맨정신으로 그와
단둘이 길게 얘기하고 싶지 않았다. 내 마음이
그렇다는 것을 알고서 나도 놀랐다.

정미 씨는 어디로 가세요?

……제 이름은 정연이에요. 정미가 아니라.

치강 씨의 얼굴이 순식간에 새빨개졌다.

아, 미안해요. 저 계속 정미 씨라고 하지
않았어요?

그랬어요. 다들 저를 박정미로 기억하길래
그냥 그런 척하고 있었어요.

왜 가만히 있었어요.

치강 씨의 표정에 슬픔이 번졌다. 나는
내 이름을 기억하지 못하더라도 서운함이
느껴지지 않는 사람들이라고 말하려다가 하지
않았다. 실은 서운했다. 특히 치강 씨에게
그랬다.

언니랑 만나기로 했는데 아직 시간이 좀 남았네요.

언니가 여기 살아요?

건너편 동네에 살아요.

원곡동에 산다고요?

치강 씨가 휘둥그레진 눈으로 나를 돌아보았다. 나는 그런 반응을 어느 정도 예상하고 있었기에 고개를 끄덕이기만 했다. 외국인이 많은 구역에서 한국인 여성이 혼자 살고 있다는 사실이 이상하게 보이나. 하지만 거기도 분명히 한국 땅인데 저런 반응은 좀 과하지 않나. 나는 그런 생각을 하며 치강 씨와 나란히 걷다가 횡단보도 앞에 멈추어 섰다. 치강 씨가 말했다.

예전에 원곡동에서 할아버지가 금은방을 했었어요. 돌아가신 지 좀 됐기 때문에 이젠 갈 일이 거의 없지만요.

그래요? 신기하네요.

이런 우연의 일치는 흔치 않은데. 나는 뒤늦게 공통점을 발견한 게 아쉬웠다.

오랜만에 가보고 싶네요. 그쪽으로 같이 가도 될까요?

그럼요.

나는 방망이질하는 심장 소리를 애써 못 들은 척했다. 왜 이러는 걸까. 4년 만에 만난 짝사랑 상대에게 감정이 되살아날 줄은 전혀 예상하지 못했다. 자연스레 언니가 떠올랐다. 왜 그렇게 옛사랑을 잊지 못하느냐고 전화로, 톡으로, 만나자마자 잔소리 폭탄으로 말하려다가 꾹 참았던 때가 엊그제인데 왜 나한테 이런 마음이 발생했을까. 나는 치강 씨가 거리를 좁히며 다가올 때마다 허둥거리며 옆으로 조금 떨어져 섰다.

아파트 단지를 빠져나와 횡단보도를

건너면 원곡동이었다. 지도 앱만 봐도 알 수 있지만 원곡동과 그 주변엔 의외로 아파트가 많았다. 주로 한국인들이 거주하는 단지일 것이다. 그럼에도 한국인과 이주 노동자의 문화가 섞이는 광경은 보기 어려웠다. 나는 그런 말을 주절거리다 걸음을 멈춘 치강 씨를 돌아보았다. 그는 인력소개사무소 유리창에 붙은 구인 공고를 보고 있었다. 나도 그의 시선을 따라 공고를 읽었다. 자동차 부품 도금 세척 작업. 시급 9620원. 주야 2조 2교대. 토일 특근. 그의 눈길이 십수 장의 공고에 차례대로 머물다가 내게로 옮겨졌다.

보셨어요?

네, 봤어요.

주야 2교대 토일 특근. 이게 말이 돼요?

네? 아, 그랬나요.

나는 놓쳤던 걸 다시 확인한 뒤에 말이 안

되네요, 하고 중얼거렸다. 도대체 언제 쉰다는 말인가. 사람이 기계도 아니고 그렇게 계속 일하는 것이 가능한가.

외국인 노동자들은 간절한 마음으로 돈을 벌러 온다고 생각하니까 저렇게 일을 많이 시키는 거겠죠. 실제로 특근을 선호하는 노동자도 있다고 하지만 글쎄요, 사람 나름 아닌가요. 잘 쉬는 것도 중요한데.

나는 치강 씨가 못 본 사이에 노동 인권이며 차별주의 같은 것에 깊은 관심이 생겼다는 걸 알아챘지만 그 이유를 묻지는 않았다. 그러나 돌이켜 생각해보니 같은 회사를 다닐 때 치강 씨는 직원 휴게실을 만들어달라고 강력하게 요구했고, 연차를 눈치 보며 써야 하는 것에 분개했다. 조직 안에서 뾰족함이 느껴지는 사람이긴 했으나 맡은 일은 잘했고 자기 일이 아니어도 곧잘 나서서

도와주었기 때문에 그런 면이 많이 희석되어
보이긴 했다.

시간을 확인해보니 어느덧 15분이 지나
있었다. 헤어지고 나서 어떻게 다시 연락할
구실을 만들 수 있을지, 나는 어느새 손톱 끝을
물어뜯으며 고심하고 있었다. 언니가 이런
나를 본다면 뭐라고 할까. 치강 씨의 네 번째
손가락에선 금반지가 도도히 빛나고 있는데.
결혼했다는 소식은 들은 적이 없으니 저건
분명 커플링일 텐데.

걷다가 인도에 생긴 물웅덩이와
맞닥뜨렸다. 우리는 웅덩이를 피해 옆으로
돌아갔다. 나는 오래전 여행지에서 보았던
광경이 떠올라 치강 씨에게 말해주었다.
프라하 구시청사 근처에 관광객들이 둥글게
모여 있었다. 대단한 구경거리라도 있나
싶어서 가까이 가보았더니 널따란 물웅덩이

외엔 아무것도 없었다. 그런데 다들 휴대폰을
꺼내 들고서 사진을 열심히 찍고 있었다.
나는 물웅덩이밖에 없는 바닥을 왜 찍는
건지 궁금해서 자세히 살펴보았다. 뒤늦게
알아챘다. 물웅덩이 안에 주변의 멋진
건물들과 파란 하늘이 담겨 있는 걸. 거울처럼
깨끗하고 완벽한 반영이었다. 머나먼 나라에서
오랜 시간 비행기를 타고 피로감을 극복하며
여기까지 왔을 관광객들은 감탄하며 그걸
열심히 찍고 있었다. 그 순간 그들이 나의 어릴
적 친구들처럼 무구하고 순박하게 느껴졌다.
직전까지 느꼈던, 서로를 잘 몰라서 생긴
낯설고 불안했던 감정이 모조리 사라졌다.
그들 중 몇 명이나 그 순간을 다시 기억하기
위해 사진을 꺼내 볼까. 스무 명 남짓한
사람들 가운데 과연 몇 사람이 그날을 다시
떠올렸을까.

적어도 한 명은 있네요. 정연 씨.

우리는 원곡동 쇼핑가로 들어섰다. 이젠
익숙해진 동네라고 생각했는데 치강 씨와
함께여서인지 약간 낯설어 보였다. 치강 씨가
거리의 상점을 눈으로 훑으며 말했다.

80년대 원곡동엔 한국인 노동자들이
많았어요. 정부가 서울에 있던 공장들을
여기로 이전시키고 국가산업단지를
만들었거든요. 거기서 일하던 노동자들이
이 동네에 집을 얻었고, 그땐 골목마다
아이들이 넘쳐났어요. 그러다 시간이 흐르면서
노동자들의 의식이 변했고, 인간다운 삶에
대해 생각하게 된 거예요. 더 나은 일을
해야겠다, 더 좋은 집에 살아야겠다. 그런
마음으로 인근 신도시 아파트에 옮겨 간
사람들이 있었고, 그렇게 뿔뿔이 흩어지기

시작하면서 이 거리의 빛도 꺼졌어요. 그 빛을
다시 켜준 사람들이 외국인 노동자들이에요.
그때까지 원곡동을 떠나지 않은 원주민들은
그들에게 집을 빌려주거나 상점을 운영했어요.
저희 할아버지가 그런 원주민이었고요.
금은방을 하셨는데, 현물을 선호하는 이주
노동자들이 많이 와줘서 꽤 잘됐어요.
이젠 할머니도 돌아가셨고, 우리 가족은 더
이상 원곡동에 가지 않아요. 오늘 집들이가
아니었으면 저도 여기 올 일이 없었을 거예요.
그런데 언니분은 왜 여기서 사세요?

　　나는 어떻게 대답해야 할지 몰라 말문이
막혔다. 첫사랑을 잊지 못해서, 라고 답하면
치강 씨는 어떤 반응을 보일까. 방랑자
내지 이방인 기질이 넘치는 예측 불허의
사람이라고 웃으며 말하면 함께 웃어주려나.
곰곰 생각해보니 나는 치강 씨를 짝사랑한

이후에 누구도 사랑해본 적이 없었다.

마지막 사랑이었다, 이 사람이. 그제야 나는

치강 씨가 내게 남긴 그늘이나 온기 같은

것을 생각해보았다. 왜 그 뒤로 누군가를

다시 사랑하지 않았을까. 언니를 돌보느라

연애 감정은 바짝 말랐다고 생각했는데

살짝 힘주어 짜보니 주르륵 흘러내렸다.

나도 모르게 희망을 품었다. 반지의 의미를

알면서도 물었던 건 그런 마음이었다. 치강

씨는 짧고 건조하게 답했다. 저 애인 있어요.

치강 씨는 원곡동의 역사에 대해선 묻지

않아도 길게 떠들더니, 자신의 연애사는

얘기하고 싶은 마음이 일절 없는지 입을

꾹 다물고 걷기만 했다. 우리는 외국인

노동자들로 붐비는 거리를 걸으며 아무런

말도 하지 않았다. 침묵 끝에 치강 씨가 시간이

얼마나 남았는지 물었다.

15분이요.

나는 시간이 이렇게 빨리 흘렀다는 사실에 놀랐다. 같은 곳을 몇 바퀴째 맴돌고 있는 건 알았지만 아무런 내색도 하지 않았는데 그렇게 하면 시간이 천천히 갈 거라는 계산을 은연중에 하고 있었다. 새로운 장소에선 시선을 빼앗길 것이 많아 시간이 금세 흐르고 마니까. 하지만 익숙한 장소에서도 시선을 빼앗는 사람이 곁에 있으면 시간은 속히 흘러갔다.

치강 씨가 편의점에 다녀오겠다고 말하더니 안으로 들어가 한참 동안 나오지 않았다. 그사이 시간이 5분이나 더 흘렀다. 이제 10분밖에 남지 않았다. 처음부터 한 시간 뒤에 언니를 만나러 가야 한다고 말하지 말 걸 그랬나. 그사이에 내가 이렇게 애달파질 줄은 까맣게 몰랐지. 사람 일은 정말 한 치

앞을 알 수 없다더니. 언니가 눈 속에 발이
푹푹 빠지는 것처럼 정말이지 사랑에 푹푹
빠지는 걸 보고서 혀를 찼는데, 내게도 이런
일이 생기다니. 허나 지금은 그런 걸 한탄할
때가 아니었다. 이제라도 약속이 취소되었다고
말할까. 하지만 언니가 감자탕집에서 나를
기다리고 있을 텐데. 앞치마를 두르고 열심히
서빙하는 모습을 보고 싶었는데. 사장에게
미리 말해두었으니 편하게 있어도 된다는
톡을 받고서 언니를 잘 부탁드린다고 말하고
와야지 결심도 했는데.

　　편의점 밖으로 나온 치강 씨의 손엔
음료수 세 캔이 들려 있었다. 투 플러스
원이라서 하나를 놓고 올 수가 없었고, 비슷한
할인 행사를 하는 음료가 많아서 뭘 고를지
고심하느라 늦게 나온 거라고 했다. 그는 내게
파인애플 맛 음료를 건넸다.

투 플러스 원 중 원을 드릴게요.

어차피 같은 음료 세 개 아닌가요.

제 마음속에선 달라요.

우리는 편의점 앞에 서서 탄산이 혀를 톡톡 쏘는 단 음료를 마셨다.

아까 정연 씨가 프라하 얘길 해서 떠오른 건데, 제가 몇 년 전에 태국 북부 지역을 다녀왔거든요. 소수민족이 사는 마을이었는데, 마을 입구에 '영혼의 문'이라는 게 있었어요. 문 안쪽에 있는 인간과 가축을 보호하고, 바깥쪽에 있는 영혼과 구분 지어놓은 문이라고 하더라고요. 그걸 듣고 뭔가 이상하다는 생각이 들었는데 조금 전에 생각났어요. 뭐가 이상했는지.

뭔데요?

내부를 인간과 가축, 외부를 영혼이라고 구분 지어놓은 거요. 반대 아닌가요? 내부가 영혼, 외부가 인간과 가축이죠.

나는 이 사람이 시간도 없는데 왜 알맹이 없는 말을 씨불이나 초조했지만 적당히 쓸쓸한 표정을 지으며 말했다.

저는 좀 다른 생각이 드네요. 내부는 영혼과 가축, 외부가 인간 같아요. 뭐든 인간으로부터 보호해야 할 거 같아서요.

치강 씨는 고개를 가만히 끄덕이다 시간이 다 되었다며 나를 돌아보았다. 내 두 눈을 빤히 보았다. 어쩐지 중요한 말을 할 것만 같아서 잠자코 기다렸지만 그는 결국 맥없이 손을 흔들고 뒤돌아 역 방향으로 걸어갔다.

나는 서운한 마음을 가라앉히기 위해 편의점 앞에 우두커니 서 있었다. 캔 꼭지를 일으키고 다시 젖히길 반복하다가 결국 꼭지가 툭 부러져버렸다. 동시에 내 마음도 툭 꺾였다.

나에게도 영혼의 문이 하나 필요할 것
같았다.

❖

언니는 빨간색 앞치마를 두르고 커다란
나무 주걱 두 개를 양손에 들고서 손님의
밥을 볶아주고 있었다. 예상했던 광경임에도
그 모습을 보니 심장이 북처럼 둥둥 울렸다.
어찌나 평범한 사람처럼 보이는지 감격스러울
정도였다. 어떻게든 언니를 정상 범주 안으로
끌어당기려는 노력이 헛되지 않은 것 같아서
뿌듯했다. 정상 범주. 누군가 나에게 그런
말을 하면 탐탁지 않아 할 게 분명하면서도
언니에겐 은연중에 강요했던 것. 곁에서
언니를 지켜보며 범주에서 벗어나는지 판단을
내리고 감시하고 쫓아다니고, 그 모든 시간이

모여 언니가 계절에 맞는 옷을 입고서 밥을
볶아주는 노동을 수행하는 결과에 이른 것
같았다. 입술을 앙다물고 주걱에 붙은 밥알을
요령껏 떼어내고 돌아서던 언니가 나를
발견하고 다가왔다.

저녁은?

가볍게 먹고 왔어.

잘했어.

언니는 곧바로 시원한 맥주와 오프너를
가져다주었다. 오프너는 숟가락 모양이었는데
밥술을 뜨는 부분에 네모난 구멍이 있었고,
손잡이에 칙뿅뺑이라고 쓰여 있었다. 잡는
위치에 따라 칙! 뿅! 뺑! 소리가 나는 것이다.
나는 뺑 지점을 붙잡고서 병뚜껑을 땄다.
그러나 뺑 소리가 나진 않았는데 아무래도
악력이 부족해서인 것 같았다. 뺑 소리를
듣고서 마음이 뺑 뚫리길 바랐지만 손에 힘이

들어가지 않았다. 실연당한 사람처럼 기운이 없었다. 실연은 무슨. 시도도 못 해봤으면서. 고백의 기미도 내비치지 못했으면서.

나는 감자탕집 홀을 분주히 오가는 언니를 바라보다 문득 언니의 고백법이 궁금해졌다. 이제 와서 그런 걸 물으면 나를 놀리겠지. 너는 사랑 없이도 잘만 살 사람처럼 굴더니 고백하는 방법조차 몰라서 조언을 구하고 다니느냐고. 하지만 언니, 나는 정말로 한 번도 사랑을 고백해본 적이 없어. 이제까지 딱 세 번 연애했는데 죄다 고백을 받았어. 누군가 나에게 사랑한다고 말하는 순간 나는 마음을 활짝 열어. 과할 정도로 많이 열어. 연애를 시작하면 매번 양보만 하고, 내가 원하는 건 일기장에 써. 어쩌면 나는 언니보다 사랑에 서툰 사람인지도 몰라. 나를 사랑하면서 상대도 사랑하는 법을 몰라. 그래도 나는 이별

하나는 잘해. 빠르게 잘 잊고, 두 번 다시 연락 안 해. 관계의 시작과 단절이 명확한 사람이야.

언니가 나를 지그시 쳐다보았다. 근무 시각이 끝나자 앞치마를 벗어던지고 맞은편 자리에 앉은 언니는 국자로 전골냄비 안을 뒤적거렸다. 들깨가 드문드문 보이는 새빨간 고추장 양념, 꼿꼿하게 누워 있는 당면과 갓 목욕하고 나온 것처럼 하얗고 반지르르한 떡, 큼지막하게 썬 대파와 깻잎을 열없이 뒤섞고 있는 언니는 직원일 때와 아닐 때의 태도가 확연히 달랐다. 언니는 급기야 국자를 툭 내려놓더니 네가 좀 해, 라고 말했다.

언니가 해줘.

그런 소리 마. 빨간 국물만 봐도 지겨워.

이렇게 맛있는 걸 왜?

나는 맥주를 홀짝이며 돼지 등뼈 위에 국물을 끼얹었다. 언니가 나를 물끄러미

보다가 말했다.

기운이 하나도 없어 보이네. 무슨 일 있었어?

예전에 좋아했던 남자를 만났어.

솔직한 대답에 놀란 사람은 나뿐이었다. 언니는 별다른 표정의 변화가 없었다. 뒤늦게 언니에게 해선 안 되는 말이었나 생각했다. 보나마나 겨울 언니를 떠올렸을 텐데.

언니, 소맥 마실까?

그러자.

언니는 곧바로 의자에서 일어나 소주를 가져왔다. 넓은 홀엔 우리뿐이었다. 볶음밥을 먹고 떠난 손님들 이후로 가게엔 손님이 한 명도 들어오지 않았다. 사장은 자리를 비웠고, 아주머니들만 주방을 지켰다. 사장에게 언니를 잘 부탁드린다는 말은 결국 할 수 없게 되었다. 그러나 그런 말을 하지 않더라도 언니는 스스로 잘해내고 있는 것 같았다.

품어선 안 되는 사랑을 품고 있는 사람이라는

건 겉만 봐선 알 수 없었다. 어쩌면 언니를

그런 시선으로 보는 사람은 나뿐인지도

모른다. 언니의 과거를 잘 알고 현재의 마음도

안다고 섣불리 짐작하며, 언니가 자신의

추억들 중에서 무얼 잊고 기억해야 하는지

선별해주는 폭군인지도. 그러면서도 언니에게

내가 무해하다고 착각하고 있었던 건지도.

정작 언니가 나를 어떻게 생각할지 나는

까맣게 모를 수밖에 없는데. 그토록 잘난 척은.

아는 척은. 잘 살아가고 있는 척은. 어른인

척은.

　　언니, 나 오늘 좀 이상해. 마음속에 맴도는

말을 뱉어놓지 못하고 곱씹다가 꿀꺽 삼켰다.

목이 칼칼했다. 언니가 잔에 맥주를 조심스레

붓고 소주를 확 부었다. 그걸 받아 마시니 눈이

번쩍 뜨였다.

　맛있지?

　미쳤네.

　언니가 씩 웃더니 나? 하고 되물었다.
나는 고개를 저었다. 언니는 안 미쳤어. 다들
미쳤다고 해도 나는 아니라고 생각할 거야.
언니가 또 이상한 옷을 입고 자기를 벌주며
걸어 다녀도, 겨울이라는 단어를 무의식중에
내뱉을까 봐 조심하느라 혀를 깨물 뻔해도,
겨울엔 눈이 내리는 게 아니라 이 계절엔 눈이
내린다고 말하고, 겨울은 원래 춥다고 말하는
게 아니라 1월은 원래 춥다고 말하는 순간에도
나는 언니가 안 미쳤다고 생각할 거야. 빠르게
취기가 올라 그런 말을 속사포로 조잘거리고
있는 나를 언니가 빤히 쳐다보았다. 언니의
안색은 나와 달리 창백할 정도로 하얬고 내
얼굴만 불타는 고구마가 되어 있었다.

근데 왜 이런 데 감자탕집이 있어? 여긴 외국인들만 찾아오는 거리 아니야?

외국인들도 감자탕 먹을 수 있지. 그리고 인근에 사는 한국인들이 오기도 해.

언니는 휴대폰을 보더니 누군가와 메시지를 주고받았다. 친구도 없으면서. 누군지 묻자 뜻밖에도 주인집 할머니라는 대답이 돌아왔다. 언니가 휴대폰을 내려놓으며 말했다.

여기 온 첫날, 집을 알아보려고 부동산에 들어갔더니 거기 놀러와 계시던 할머니가 왜 여기서 살려고 하냐고 대뜸 물었어. 내가 아무 소리 안 하니까 더 이상 안 캐묻더라고. 그러더니 갑자기 자기 집으로 들어오라잖아. 월세가 싸다고. 싸긴 하더라. 이 집도 할머니가 아는 데라면서 소개해줬어. 일을 해야 월세를 내고 쌀을 살 거 아니냐고. 내가 다니는 교회도 할머니가 소개해주신 거야. 마치…… 그랜드마 같은 느낌이야.

그게 무슨 느낌인데.

영어 모르니?

알아. 그랜드마더. 할머니 느낌이라는 거잖아.

아니지. 그랜드마는 좀 달라.

이 동네를 손바닥 보듯 빤히 아는 연세 높은 여성이라는 뜻이야?

장총 들고 내 옆에 서 있는 연세 높은 여성이라는 뜻이야.

장총?

할머니의 첫 번째 남편이 엽사였대. 그래서 총을 쏠 줄 알고. 집에 총을 숨겨놨다고 하시던데.

왜?

왜긴. 누군가를 쏘려고 그런 거겠지.

나는 당연한 말이라는 생각이 들어 고개를 끄덕이고 말았다. 총을 갖고 있는 이유는 누군가를 쏘기 위해서겠지. 그런데 누구를? 아마도 그랜드마의 목숨을 위협하거나 그랜드마를 분노하게 하는 누군가를. 그런 일이 실제로 가능할 리가 없다는 걸 알면서도 나는 결국 수긍했다. 언니를 지켜주려는 사람이 있다는 걸 아는 것만으로도 안심이 되었다.

창 너머로 붐비는 거리를 바라보았다. 외국인 남성 노동자들이 압도적으로 많았지만 간간이 가족도 보였다. 큰딸과 작은딸과 어머니와 아버지. 나는 원곡동에 정착해 사는 외국인 가족을 바라보다 그들의 고국을 떠올렸다. 강렬한 햇빛, 모래 먼지 날리는 마당, 너른 차밭, 강에서 건져 올린 붉은색 물고기, 털털거리는 오토바이, 맨발로

뛰어다니는 아이들, 고요한 새벽과 탁발승이 찾아오는 아침, 향이 피어오르는 불교 사원. 나는 관광객의 시선으로 그곳을 평화롭게 묘사하지만 그곳에 살았던 사람에게도 같은 풍경으로 기억될까.

언니는 돼지 등뼈에 착 감긴 우거지를 떼어내고 있었다. 둘 사이를 억지로 갈라놓으려 했다. 나는 그걸 슬픈 표정으로 바라보다가 언니에게 가장 마지막으로 설렜던 사람이 누군지 물었다. 언니는 감자탕집 리뉴얼 오픈 행사 때 만난 이벤트 회사 직원이라고 곧바로 답했다. 피에로 옷을 입고 풍선을 불어 행인들에게 나누어준 사람. 얼굴을 하얗게 분칠하고 코에 빨간 스펀지 공을 달고서 언니에게 은근히 작업을 걸었던 사람이라고.

일하면서 연애까지 하려는 놈이네.

놈 아니야. 참한 여성이야.

언니는 그때가 떠오르는지 맥주병 오프너를 만지작거리며 미소 지었다. 손잡이에 쓰여 있는 글씨가 다시 눈에 들어왔다. 지금 언니의 마음을 소리로 표현하면 칙뽕뻥 중 뭘까. 언니에게 작업을 걸었다는 그 사람을 떠올리면 뻥 소리가 날까. 아니면 이젠 지나간 일이기에 치이익 김새는 소리만 날까. 나는 그런 생각을 하다가 언니의 애잔한 추억에 찬물을 끼었었다.

피에로 복장으로 작업을 거는 건 좀 후진데. 이젠 행사장에서도 보기 힘든 캐릭터 아닌가.

언니는 고개를 저으며 말했다.

그래서 좋았어. 한물간 것처럼 보여서. 그런 캐릭터로 꾸미고 사람들한테 쓸모없는 풍선을 나눠주는 모습이 좋더라.

순수해 보여서?

아니. 어떤 믿음이 있는 것 같아서.

이어지는 말은 없었다. 나는 어떤
믿음인지 묻지 않았다.

❖

감자탕집을 나오면서 언니가 배가 부르니
좀 걷자고 말했다. 언니를 따라 길을 건너자
고층 오피스텔 밀집 구역이 나왔다. 언니가
여긴 죄다 한국어 간판밖에 없다고 말했다. 길
하나 건넜을 뿐인데 옛 한국이라고.

옛 한국?

나는 그 표현이 낯설어 언니를
돌아보았다.

올드 버전 한국. 한국인이 많은 한국.

한국의 미래를 떠올려보니 어떤 의미인지

알 것도 같았다. 새로웠지만 선뜻 받아들이긴
낯설었다. 내가 사는 세상과 언니가 사는
세상은 다르다는 생각이 들기도 했다.
옛 한국에 사는 나와 미래의 한국에 사는
언니라니. 반대여야 할 것 같은데. 반대라고
우기고 싶은데.

　언니, 어려운 소리 하지 말고 옛날에
좋아했던 사람들 얘기나 좀 해봐. 겨울 언니
말고도 좋아했던 사람 많잖아. 푹푹 잘
빠지잖아, 사랑에.

　언니가 갑자기 큰 소리로 웃었다.

　내가 푹푹 잘 빠지니. 그렇게나 잘 빠져?
몰랐어?

　나는 언니에게 투 플러스 원 행사로 받은
공짜 음료수를 건네주고 떠난 이에 대해
말했다. 4년의 세월이 순식간에 사라지며
어제의 짝사랑이 오늘로 이어지는 기분이

들어 얼마나 당혹스러웠는지를. 언니는 사랑의
슬픔을 갓 깨달은 아이를 보듯이 나를 보며
말했다.

정연아, 그게 사랑이야. 네가 내렸던
사랑에 대한 모든 정의를 뛰어넘는 게
사랑이야.

나는 팔을 문지르며 닭살이 돋는 시늉을
했다. 언니는 내 반응에 아랑곳하지 않고
자신의 옛사랑들에 대해, 그때의 마음이
사라지지 않고 한구석에 남아 있는 것에 대해,
오늘처럼 술 마시고 걷는 밤에 갑작스럽게
되살아나 처량한 이별 노래를 듣는 것에
대해, 청승을 떨며 걷다가 벤치에 털썩 앉아
휴대폰을 만지작거리는 것에 대해, 미적거리는
발걸음에 대해, 이런 마음을 얘기하는 건
서로가 갑작스러운 일로 생각되는 것에
대해, 이런 말은 어디 가서 할 수도 없는 것에

대해, 옛사랑이 알고 보니 옛이 아닌 것으로
판명되어 고민하는 동생의 말을 듣고서
웃음이 나는 것에 대해, 그런 과정 자기도
다 겪어봤다는 듯이 아는 척해야 하는 것에
대해, 해결책은 쥐뿔도 모르면서 동생 앞에선
의연한 척해야 하는 것에 대해 길게 말했다.

　나는 언니의 말을 듣다가 점점 졸음이
밀려왔고, 주머니 속에서 진동음이 울리는
것을 느끼고서도 휴대폰을 꺼내지 않았다.
누구일까. 이 밤에 나에게 톡을 보낸 사람이.

　너 뭐 온 거 같은데.

　나는 애써 아무렇지 않은 표정으로
휴대폰을 꺼내 메시지를 확인했다. 떠나보낼
마음의 준비를 미리 하고서.

　그만 집으로 갈까.

　언니의 말에 나는 휴대폰을 주머니에
넣고 마음속으로 표정을 단정하게 매만지고서

그러자고 말했다.

　우리는 팔짱을 끼고 걸었다. 바람이 불어와 우리의 머리칼을 흩뜨리고 밤하늘을 달려 빛나는 별 너머로 사라졌다. 나는 손을 흔들며 잘 가, 하고 말했다. 언니도 그렇게 했다.

작가의 말

뚜렷한 목적 없이 가끔 찾아가는
장소가 있다. 서울 근교를 포함해 세 군데
정도 되는데, 모두 한국인이 드문 곳이라는
공통점이 있다. 안산 원곡동 역시 그런 곳 중
하나다. 작년 여름부터 나는 종종 그곳으로
가서 하릴없이 걸었다. 배가 고프면 밥을
사 먹었고, 내친김에 장도 봤다. 내가 살고
있는 동네보다 과일값이 좀 더 저렴했고,
다른 곳에선 맛볼 수 없는 이국적인 음식을
파는 식당이 많았다. 나는 그 동네의 역사가

궁금해졌다. 언제부터 외국인이 많이 거주하게
되었을까. 집으로 돌아와 논문과 책을
찾아 읽기 시작했다. 그러는 동안 원곡동을
바라보는 나의 시선에 변화가 생겼다.
처음엔 그저 이국적인 장소라는 점이 마음을
끌었으나 그곳의 역사를 알면 알수록 마음이
묵직해졌다. 내가 너무 무지했다는 생각이
들었다.

　　언젠가 원곡동을 배경으로 한 소설을
써보고 싶었다. 그리고 나처럼 특별한 이유
없이 한국인이 드문 장소를 찾아다니는
사람을 등장시켜보고 싶었다. 그는 왜 그런
행동을 반복하는가. 그의 마음속에서 한국은
어떤 나라인가. 그러다, 나는 당신을 떠올렸다.

　　당신은 정착을 두려워하거나 시시하게
생각하는 인물일 것이다. 한국이라는 나라는
당신에게 정해진 틀에 끼워 맞춰 살아야 하는

삶을 떠올리게 한다. 그럼에도 당신은 매일 일터로 출근하고 일하고 밥 먹고 퇴근하고 귀가하고 씻고 잠자리에 드는 일상을 반복하고 있다. 그 와중에 사랑도 했다. 당신이 갖고 있는 몇 개의 정체성이 장벽과 충돌할 때마다 이중 혹은 삼중 낙인이 찍혀가면서 사랑도 했다. 그런 경험 끝에 짝사랑만 하겠다는 결심을 세웠다. 짝사랑이 아닌 사랑은 다 소모적이야. 당신은 그런 생각을 하며 돌아눕다가 외로움에 치를 떨기도 했다. 그러나 묘하게 마음이 편안해지는 외로움이었다. 지나간 사랑을 그리워만 하는 것은 상당히 경제적인 사랑의 자세라는 생각마저 들었다.

겉으로 보면 당신은 평범해 보이고, 당신도 그 사실을 잘 알고 있다. 알아서 가끔 서글펐다. 그럴 때마다 당신은 사촌 언니를

찾아갔다. 사촌 언니는 첫사랑을 잊지 못하는
사람이다. 당신은 놀려먹을 속셈으로 언니를
만날 때마다 이문세의 〈옛사랑〉을 불렀다.
그러면 언니는 도입부의 노래 가사처럼
지나간 사랑이 가슴에 사무치는 표정을
지었다. 당신은 에피톤 프로젝트의 〈첫사랑〉
후렴구도 불렀다. 그러면 언니의 얼굴은 이제
막 첫사랑을 시작하는 사람처럼 분홍빛이
되었다. 당신은 언니에게 말했다. 마음의
정리를 좀 해. 그게 왜 안 되지? 언니는 도리어
당신을 신기해하는 표정으로 쳐다보았다. 그게
어떻게 돼?

　이 이야기의 시작점은 이런 것이었다.

　이제 원곡동에 가면 예전과 다른 생각이
든다. 한글 간판을 찾을 수 없는 이곳이 한국의
미래가 되지 않을까. 한국은 인구 소멸 국가로

향하고 있지만 미래의 한국이 텅 빈 땅이 될 것 같지는 않다. 아마도 누군가 이주해서 살 것이다. 옛사랑을 떠나보내지 못한 사람의 마음에도 언젠가는 누군가 이주해서 살 것이다. 그러나 마음은 땅과 달라서 가득 차 있는 듯 보이지만 텅 비어 있기도 하고, 비어 있는 듯 보이지만 가득 차 있기도 한다. 겉으로 봐선 판단할 수 없다. 그래서인지 마음의 영역에 관한 일은 늘 어렵게 느껴진다. 이 소설의 제목과 결말이 물음표를 품고 있다면 아마도 그런 이유일 것이다.

2023년 가을

이서수

- 34

첫사랑이 언니에게 남긴 것

초판 1쇄 인쇄 2023년 10월 24일
초판 1쇄 발행 2023년 11월 8일

지은이 이서수
펴낸이 이승현

출판2 본부장 박태근
스토리 독자 팀장 김소연
편집 곽선희 김해지 이은정 조은혜
디자인 이세호

펴낸곳 ㈜위즈덤하우스   **출판등록** 2000년 5월 23일 제13-1071호
주소 서울특별시 마포구 양화로 19 합정오피스빌딩 17층
전화 02) 2179-5600   **홈페이지** www.wisdomhouse.co.kr

ⓒ 이서수, 2023

ISBN 979-11-6812-735-7 04810
979-11-6812-700-5 (세트)

값 13,000원

한 조각의 문학, 위픽 ⓦⓔⓕⓘⓒ

구병모 《파쇄》
이희주 《마유미》
윤자영 《할매 떡볶이 레시피》
박소연 《북적대지만 은밀하게》
김기창 《크리스마스이브의 방문객》
이종산 《블루마블》
곽재식 《우주 대전의 끝》
김동식 《백 명 버튼》
배예람 《물 밑에 계시리라》
이소호 《나의 미치광이 이웃》
오한기 《나의 즐거운 육아 일기》
조예은 《만조를 기다리며》
도진기 《애니》
박솔뫼 《극동의 여자 친구들》
정혜윤 《마음 편해지고 싶은 사람들을 위한 워크숍》
황모과 《10초는 영원히》
김희선 《삼척, 불멸》
최정화 《봇로스 리포트》
정해연 《모델》
정이담 《환생꽃》
문지혁 《크리스마스 캐러셀》
김목인 《마르셀 아코디언 클럽》
전건우 《양심》
최양선 《그림자 나비》
이하진 《확률의 무덤》